무형스님의

영혼의 울림 심등

국립중앙도서관 출판예정도서목록(CIP)

(무형스님의) 영혼의 울림 심등 / 지은이 : 무형. -- 서울 : 한누리미디어, 2017
p. ; cm

ISBN 978-89-7969-745-2 03810 : ₩12000

한국 현대시 [韓國現代詩]

811.7-KDC6
895.715-DDC23 CIP2017013616

무형 스님의

영혼의 울림 심등 心燈

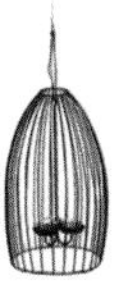

심등선원

한누리미디어

녹음이 짙어가는 계절에…

언제가 될지 모르지만 기회가 주어진다면 지난 날 틈틈히 모았던 메모장의 그림자들을 세상에 내보내면 어떨까 하는 마음은 있었는데 어느날 아는 지인분께서 메모장에 깊이 잠들어 있는 그림자들을 일깨워 이제는 세상밖으로 내보내면 어떻겠느냐고 말씀하시기에 고민을 하다가 잠들어 있던 그림자들을 깨워 세상밖으로 내보내기로 하였습니다.

비록 숨결이 짙게 배인 그림자들은 아니지만 이 그림자들로 하여금 인연이 닿는 분들에게 잔잔한 숨결이 되어 힘들고 지친 삶을 내려놓고 잠시라도 쉴 수 있는 작은 그늘이 되었으면 하는 바람으로 말입니다.

또 저의 이 보잘것 없는 그림자가 세상밖으로 나오기까지 마음을 내어주신 분들께 지면을 통해 고마운 마음을 다시 한 번 전합니다.

2017년 여름

의왕 심등선원에서 무형無形

| 차례 |

1부 | 삶의 등불

2부 | 생각이 미치지 못하는 그곳

| 차례 |

3부 | 영혼의 울림

4부 | 깊고 큰 사랑

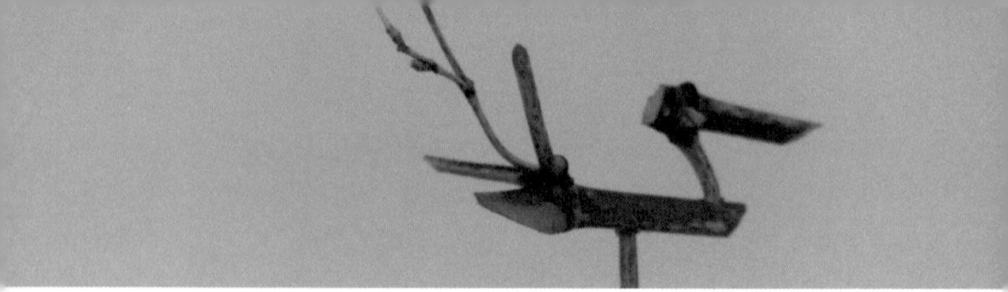

5부 | 머물지 않는 마음

6부 | 바람이 되려 하지 말고 향기가 되라

1부 | 삶의 등불

쉬어라

온갖 생각에
마음이 매몰되어 있는데

어느 것이 진리의 길을 따라
등불을 밝힌단 말인가

가쁜 숨에
한 생 의지하지 말고

이제 그만
모두 내려놓고 쉬어라

쉬고 쉬다 보면
저절로 알게 될 터이니

속된 그늘

속된 그늘에서
살지 마라

속된 그늘에서
살다 보면

희망은
절망보다 작아지고

걱정은
태산보다 높아지니

이 자명自鳴한 일을
어찌 알지 못하고

한 번의 소중한 삶을
천 길 낭떠러지에 세워두는가

하루만이라도

오늘 하루는
나에게로 돌아가십시오

너무 오랫동안
나를 잊고 살았기에

방황하는 세월이
더 길었을 것입니다

오늘 하루만이라도
나를 찾아 보듬어준다면

더없이 편안한
값진 하루가 될 것입니다

고정관념

스스로
고정관념에 갇히면

드넓은
세상은 안 보이고

편협한
자신만 보이게 된다

유익한 일

스스로를 버리면
얻어지는 것은 무엇인가

첫째는
경계 없는 자유요

둘째는
걸림 없는 행복이며

셋째는
계산 없는 기쁨이요

넷째는
소소한 즐거움이다

이렇듯 한 가지를 버리면
여러 가지를 얻거늘

그 어느 것이
스스로에게 유익한 일인가

게으름과 변명

게으른 사람에게는
꿈이 없고

변명하는 사람에게는
희망이 없다

숨길 수가 없구나

감춰도 감출 수 없는 것이
허튼 생각이요

가려도 가릴 수 없는 것이
속된 몸짓이며

숨겨도 숨길 수 없는 것이
삿된 마음이라

어느 곳에 있어도
스스로 드러나는 까닭에

정녕 가릴 수도
숨길 수도 없음이구나

단순하게 살아라

어제보다 오늘을 더
단순하게 살아라

비움보다
채움이 좋다면

채운 사람들은 어찌
자유롭지 못하고

비운 사람들보다
평안하지 않은 것인가

자신을 묵묵히
바라보라

채움과 비움 그 사이에서
무엇을 살피고 있는지

허물꽃

눈에 담고
귀에 담고
입에 담는

그
불행한 순간부터

늘
허물꽃이 피나니

무상無常

아침에는
마음을 담아 글을 쓰고

점심에는
그리움에 소식을 전하나

저녁에는
그 답장을 받을 길이 없네

오직

물어도
답할 수 없고

알아도
답할 수 없네

오직
가능한 것이라면

그저
침묵에 머무를 뿐

헛된 바람

헛된 바람
쐬고 다니지 마라

쐬는 그 헛바람에
뼈가 시려와

생생生生을
등거리로 살게 될지니

쉴 곳이 없구나

눈을 뜨고

사방을 둘러봐도

겹겹이
온통 회색빛이라

마음 한 자락
쉴 곳이 없구나

삶의 등불

품고 있는 것
내던지면 그만이리

놓지 못해 거친 숨결에
정신까지 혼미하다

이 얼마나
고단하고 힘든 삶인가

우유부단함으로
어리석게 살지 마라

그 어리석음으로
삶의 등불은 흐려지나니

일어나는 까닭

눈과
귀와
입을

낮은 곳에
내려놓으면 그만인데

자꾸만
높은 곳에 두려 하기에

수많은
일들이 일어나는 까닭이다

발밑에 이는 파도

이미 흘러간 물결
쫓지 말고

아직 흘러오지 않은 물결에
마음 두지 마라

부산하게
오고 가는 탓에

마음은 어지러워
참된 것을 보지 못하니

지금 이 순간 발밑에서 이는
파도를 먼저 보라

어느 것이
소중한 것인지를

나를 잊는 것이다

나를 잊는 것이다
잊었다는 생각도 잊는 것이다

잊었다는 것도 잊어야
비로소 공부의 시작이다

사소한 것에라도 머물러 있다면
진정한 공부가 아니다

놓음도
버림도
비움도

잊었음조차 모를 때라야
진정한 공부를 하는 자라 할 수 있다

감정의 노예

감정의 노예가
되지 않으면 된다

일어나는 생각을 따라
감정도 함께 일기에

늘 괴롭고
고통스러운 것이다

괴롭고
고통스러운 곳에는

감정을
다스리는 사람과

감정에 휘둘리는
사람이 있을 뿐이다

2부 | 생각이 미치지 못하는 그곳

주인主人

매달리거나
끄달리지 말고

그 안으로
들어가라!

매달리거나
끄달리면

온갖 바람의
시중을 들어야 하나

안으로 들어가
편히 앉으면

온갖 바람을 부리는
주인이 되리라

축복된 삶

욕심만 키우다 보면
높아지는 것은

태산 같은 업業의
어두운 그림자요

화려함만을 좇다 보면
늘어나는 것은

헤어날 수 없는 고통과
괴로움뿐이라

억겁을 지나
어렵사리 받은

한 번의
축복된 삶을

어찌 가시넝쿨과 벗하며
씨름하리오

미신

오늘날 사회적인 현상의
절대 미신은 어떤 것인가

두 말할 것도 없이
인간이 만들어낸 물질만능이다

이 그림자를
만들어 놓고

움켜쥐려
어떤 일이든 개의치 않는다

이럴진대

과연
물질만능은

영혼을 피폐하게 만드는
절대맹종의 미신이 아닌가

여우의 꼬리

늘
숨을 쉬듯

늘
밥을 먹듯

늘
잠을 자듯

일상의
그림자들이

늘
한결같다면

여우의 꼬리를
밟지 않게 된다

공감

공감만큼
좋은 화합은 없다

공감이 없는
허울뿐인 화합은

깨진 그릇에
물을 담는 것과 같다

순간의 삶

순간순간
기억하고
순간순간
잊어라

꽃의 향기와
열매의 달콤함에 젖으면
모든 것을 다
잃게 된다

본래

어느 거울을
훔쳐다 놓았기에

희고 검고를
가리는 것인가

본래
흰 것 검은 것도 없는데

조작이란
삿된 그림자를 만들어

마음을
어지럽힌 까닭이리라

생각이 미치지 못하는 그곳

감춰둔 것도 아닌데
왜 못 보는 것일까?

삼라만상에 깃들어
늘 아름다운 미소를 짓건만

속된 그림자를
쫓느라

생각이 미치지 못하는
그곳을

끝내 알지
못하는구나!

공덕이 꽃피려면

복을 지을 때는
두 눈을 감아야 하고

덕을 쌓을 때는
두 귀를 막아야 하며

쌓은 공덕이
제대로 꽃피려면

입은 굳건히 닫고
몸짓은 겸손해야 한다

아무리 눈을 감고 귀를 막아도
입이 어긋나고 행이 틀어지면

짓고 쌓은 것이라도 한순간에 무너져
그간 공덕은 흔적도 없이 사라지는 까닭이다

알지 못하는 나

늘
함께 있는데도

다른 곳을
바라보는 까닭에

스스로를
알지 못한다

얼마나 더
시간이 지나야

진정한
자신의 모습을

명확히
보고 갈 수 있을까

삼생三生의 몸부림

현실은
삼생三生의 몸부림이다

전생과 내생의 그림자들이
현생을 지어 몸을 받게 한 것이다

이러한 몸으로 현생을 사는데
어찌 모질지 않을소냐

허나
이 현생의 삶마저
그릇된 몸부림으로 채우면

결국
삼생三生이 다시
어둠 속으로 돌아가는 까닭이다

삿된 지름길

눈(眼)이 들뜨고
귀(耳)가 솔깃하며

입(口)이 가볍고
행(行)이 경솔한 것은

어리석음의 그림자를 만드는
삿된 지름길이 됩니다

한 번 보고
한 번 듣고

한 번 말하고
한 번 행할 때

잘 살펴 다스린다면
어리석음과 벗하지 않을 것입니다

사막을 여행하듯

스스로를 버리고
떠나라!

모래바람 휘몰아치는
사막을 여행하듯

타는
갈증에

오아시스를 만나는
마음이라면

무엇인들
이루지 못하랴!

힘껏 후려쳐라

자신의 마음 길을
화두로 삼아

그 길에서
한 걸음이라도

벗어나 있는
자신을 보게 되면

인정사정 두지 말고
힘껏 후려쳐라

흐트러진 정신이
번쩍 들 때까지

붙잡지 마라

그대로 흐르게
놔두면 되는 것을

괜시리 붙잡는 까닭에
일을 만드는구나

흘러야 하는 것을
끝내 붙잡아 놓으면

새하얀 구름인들
검게 물들지 않고

고요한 바람인들
거세지지 않겠으며

잔잔한 물결인들
사나워지지 않을까

겸손을 아로새기다

겸손을
뼛속 깊이 새겨라

이 그림자는
바위에 글을 새기듯

지극한 다스림과
끝없는 길들임으로

뼛속 깊이
아로새기지 않으면

자칫 방자한
그림자가 되기 쉽다

내려놓아라

눈은 코끝에
내려놓고

귀는 배꼽 아래
내려놓고

혀는 발밑에
내려놓아라

이렇듯
배우고 익히면

한생 사는 것
편안해서 자유로우리

길가의 낮은 풀처럼

옳은 생각은 자신을 낮게 낮추는 것이라서
길가의 낮은 풀처럼 살면
높아지는 생각 낮아지는 생각이 없어
그저 평등할 뿐이라네

꼬불꼬불한 산모퉁이
돌고 돌다 보면
자신만 알고 옳다는
자만심과 교만심이 녹아 사라진다네

옛사람들은 함부로 길을 곧게 만들지 않았지
왜 그런지 아시는가

쉽게 오르다 보면
자만심만 늘어나 그늘이 지고
쉽게 얻다 보면
교만심만 늘어나 밝음을 잃게 되는 까닭이네

올바른 생각은 있는 그대로를 지켜
순수함을 잃지 않음이며
순수함을 잃은 생각이란
온갖 먼지가 앉은 집과 같은 것임을 말할 뿐이네

3부 | 영혼의 울림

삶은

삶은
마음이 무거우면 고苦요
가벼우면 낙樂이라

다만
붙들고 놓는데서 오는
선택적 현상일 뿐이나

실은
사물을 쫓는 마음이 지어낸
허상에 지나지 않음이네

설익은 밥

한정된 시간과 공간에
스스로 갇혀 있으면

새장에 갇힌 새요
우물 안의 개구리라

그 무엇을 통찰해
세상의 밥상이 되겠는가

한 푼어치도 안 되는
티끌 같은 앎이

아궁이에 불을 지펴
설익은 밥을 짓고 말았구나

둔해지면 좋은 것들

육신의 눈
육신의 귀
육신의 입

이 그림자들이
둔해지고 둔해져야

그릇된 생각이
일어나지 않고

그릇된 생각이
일어나지 않아야

본래의 마음이
드러나는 까닭이다

참회와 운명

태어날 때 가지고 온 운명은
얼마든지 바뀔 수 있다

자신의 운명을 알고 싶거든
현재의 삶을 바라보라

사는 것이 고달프고
힘에 겨우면

불구덩이에 들어가는 심정으로
자세를 낮추어 참회하고

사는 것이 순조롭고
평탄하다면

감사하는 마음으로 낮추어
더욱 겸손해져라

자신을 끊임없이 돌아보고
다스림으로 길들일 때

가지고 온 운명은
비로소 바뀌게 되는 것이다

영혼의 울림

영혼의 울림을 알고 싶으면
눈과 귀를 무디게 만들어라

무뎌 원만해지면
깊고 넓은 울림을 알게 된다

눈과 귀가
세상사에 민감해지면

앞과 옆이 흐려지는 까닭에
맑은 곳을 들여다보기 힘들다

구업口業

재災는 눈의 끝이요
앙殃은 귀의 끝이라

이 두 가지를 쌓고 짓는 것이
입(口業)이로다

영혼의 작용

영혼이 맑고 밝으면
어떤 작용을 하게 될까

영혼의 맑은 언설은
귀를 찾아다니며 천리를 가고

영혼의 밝은 행行은
입을 옮겨다니며 만리를 간다

여행자의 보따리

여행길에 오르면
반드시 가져가야 하는

여행자의 보따리는
몹시도 무겁다

수많은 여행을 거듭하면서
하나씩 늘어난 짐들이

여행 보따리 속을
가득 채우고 있는데

무겁지 않다면
되려 이상한 일이다

하지만 보따리 안에 들어있는
무거운 짐일지라도

여행지에서의 삶이
참되고 투철하면

하나 둘씩 녹아내려
보따리는 차츰 가벼워진다

인간의 속성

눈은 두 개지만
서너 개를 갖고 살고

귀도 두 개지만
너덧 개를 갖고 살며

입은 하나라도
여러 개를 갖고 산다

항상
곁눈질이라도 해서
더 보고 싶고

숨어서라도
좀 더 엿듣고 싶고

보이지 않는 곳에서

더 많은 말을 한다

이것이 감출 수 없는
인간의 속성이다

등불

낮에는
해가 등불이요

밤에는
달이 등불이며

삶에는
마음이 등불이다

음흉한 놈들

눈에서
튕겨나가는 놈

귀에서
빠져나가는 놈

입에서
튀어나가는 놈

이놈들은
한 번 나가면

일을
만들며 사느라

영원히
돌아오지 않는다

그릇

속된 그릇만
내던져 깨트리면

아주
간단한 일인데

그릇에
집착하다 보니

포기하는 법을
찾지 못하는구나

질긴 놈과 못된 놈

욕망
꽤나 질긴 놈

집착
아주 못된 놈

이놈들을
거느리고 사느라

삶은
뿌리째 흔들려

한순간에
모든 것을 잃게 된다

얼굴

아침녘의 얼굴
해질녘의 얼굴

이
얼굴들의 모습이 각기 다르다

나는
어떤 삶을 살아가는 사람인가

가볍게 챙겨라

욕심은
흐르는 물처럼
스치는 바람처럼

그렇듯
가볍게 챙기면
아무런 탈이 없다

거울

태산 아름드리나무
뿌리 깊어 흔들림 없고

골짜기 맑은 물
활발히 흐르는데

집 안의 밝은 거울은
어디다 두고

흐려진 문 밖 거울만
찾아다니는가

길 잃은 나그네는
봄이 와 새싹 돋아도

뿌리의 깊은 마음을
알 수가 없네

마음은 그림을 그리는 화가

마음은 그림을 그리는
화가입니다

때로는 아름다운 그림도
그리지만
가끔은 어두운 그림을
그리기도 합니다

아름다운 그림을 그릴 때에는
여유가 있어
넉넉한 바다와도
같지만

어두운 그림을 그릴 때에는
여유가 없기에
옹색하기가 바늘귀와
같습니다

여유란 수평으로 생각하는 까닭에
한없이 펼쳐지지만
옹색함은 수직으로 생각하는 까닭에
나갈수록 좁아지는 것입니다

우리들의 마음은
한 찰나에
끝없이 펼쳐지기도 하고
한없이 좁아지기도 합니다

이런 철없는 마음을
어르고 달래서
아름다운 그림을 그릴 수 있도록
중심을 잡아보는 건 어떨까요

머물지 않는 마음

내 마음에 안 든다고
탓하지 말고

탓하는 그 마음을
먼저 내려놓는다면

마음에
들고 안 들고가

일어나지도
머물지도 않게 된다

4부 | 깊고 큰 사랑

어진 사람

상대가
지나치다 싶으면
말없이 덜어주고

상대가
부족하다 싶으면
묵묵히 채워주며

상대가
고달프다 싶으면
포근히 안아줘라

이런 사람을 일러
어진 사람이라 하느니

때로는

말과 행이
어떠한지를 살펴라

때로는

한 번의 말과
한 번의 행이

삶을
무너뜨리기도 하고

바로
세우기도 하는 까닭이다

당신이 오신 날

당신이 오신 날은
계절도 흐린 날도 없습니다
늘 밝고 맑아
아름답고 향기로웠기 때문입니다

당신이 오신 날은
해와 달 그리고 별들이
마중 나왔기 때문입니다

당신이 오신 날은
시원한 바람과 흐르는 물들이
노래를 불렀기 때문입니다

당신이 오신 날은
꽃도
나무도
새들도
모두
당신이기 때문입니다

이 땅에 당신이 오신 날

오늘은 어리석고 무지한 사람들을 위해
한 송이 향기로운 연꽃을 들고
당신이 이 땅에 오신 뜻 깊은 날입니다

그러나 당신이 오신 날을
기억하는 사람들은 많은데
당신의 귀중한 뜻을 실천하는 사람들은
그리 많지가 않은 것 같습니다

앎에 근간보다는
실천함에 근간을 두어야 하는데
실천함은 멀어지고 앎만이 남아
당신의 귀중한 뜻을 왜곡되게 만들고 있습니다

먼저 가난함과 청빈함을 옳게 배우지 못했고
나누고 베푸는 것을
몸과 마음에 익혀 각인시키지 못한 탓입니다

이런 현실이 가끔은 가슴이 아리고 저밉니다
당신의 참된 뜻은
시간이 지나면 지날수록
퇴색되는 것만 같아서 말입니다

오늘은 당신이 이 땅에
한 송이 향기로운 연꽃을 들고 오신 날입니다
당신이 들고 온 향기로운 연꽃으로
삼독심三毒心에 물든 이 세상이 맑게 정화되었으면 합니다

당신이 오신 날을 기리며…
작은 땅의 볼 것 없는 어리석고 미련한 소가…

침묵

두 눈이 있어도 소경과 같다면
꾸밈이 없을 것이고

두 귀가 있어도 귀머거리와 같다면
조작함이 없을 것이고

입이 있어도 벙어리와 같다면
시비가 없을 것이라

이와 같은 성품이라면
굳이

방석 위에 앉아서
수고롭게 애쓸 필요가 없다

큰 행行

인간이 행하는 것 중에
제일 큰 행行은

마음을 한 곳에
고요히 머물게 하는 것이다

어쩌면
이 큰 행行은

아무나
할 수 없는 일이기도 하나

누구나
할 수 있는 일이기도 하다

삼독심三毒心

물처럼 바람처럼
진정 자유롭고 싶다면

지금 내가 어느 곳에 걸려 있는지
먼저 살펴보아라

눈에 걸려 있는지
귀에 걸려 있는지
입에 걸려 있는지

눈에 걸려 있다면 욕심에 끄달려
소유욕에 허덕일 것이고

귀에 걸려 있다면 명예에 매달려
시기와 질투에 몸살을 앓을 것이며

입에 걸려 있다면 욕망에 사로잡혀
재앙의 씨앗을 뿌리느라 분주할 것이다

마음의 숲

비우면 밝은 빛이
들어오고

버리면 맑은 물이
흐르며

놓으면 푸른 바람이
불어와

편안히 쉴 수 있는
숲이 된다

돌아보고 생각하라

봄에 새싹이 돋아
그 잎이 푸르거든

엄동설한의 모진 시간을
돌아보고 생각하라

좋은 날은
그냥 있는 것이 아니라

어려운 날을
잘 참고 견딘 까닭이니

지난날의 어려움을
결코 잊어서는 안 될 것이다

참(眞)

바람이 이는 뜻을
바르게 알면

굳이 구하려
애쓸 것 없다

숨 쉬는 것을
제대로 아는데

다른 것까지 알아
무엇하랴

허명虛名을 구하려는
수고로움에

참(眞)은 그 모습을
감출 뿐이다

맑은 행복

밖에서 찾는 행복은
꾸밈이 많기에

가려진 그늘 사이로
불행이 찾아들게 되지만

안에서 찾는 행복은
꾸밈없이 맑기에

불행이란 어둠의 그림자가
들어설 수 없게 된다

텅 빈 자리

두 눈 밝게 뜨고
두 귀 맑게 세우고

사물의 움직임을
천천히

바라보고
들어보시게

일어나는 것도 사라지는 것도
그저 인연을 따를 뿐

움직이며
조작하는 것은

오직
그대의 마음인 것을

옳다 그르다
말하는 것 또한

한낱 마음이 지어낸
허상이라

본래는
아무것도 없는

텅 빈 자리만
있을 뿐이네

깊고 큰 사랑

본래의 마음이란
깊고 큰 사랑으로

누군가를 위해
기도하는 마음이다

맑은 그릇

사랑이란
맑은 그릇에는

그 어떤 것도
담겨 있지 않아야

진정한 사랑이라
할 수 있다

Flower

자신을 죽여라

그릇된 귀를 세우고
속된 눈을 번뜩이며

삿된 입을 열어
욕심을 키우는 자신을

하루에 한 번씩이라도
죽여야 한다

자신을 죽이지 않는
그늘진 마음에서는

맑은 싹을 틔울 수가
없기 때문이다

일어나는 온갖 욕심들을 죽여
자양분으로 삼아야만

푸른 싹이
바르게 올라온다

싹을 틔울 자양분이
없는데

어느 싹인들 제대로
돋아날 수 있을까

자신을 죽이지 못해
날뛰는 그림자들은

뭇사람의 눈과 귀를 가리고
순한 양의 탈을 쓴 채

음흉한 늑대의
목소리를 낼 뿐이다

밝은 인연

운명은
새로운 것이 다가와

인연이 되었을 때
만들어가는 것이 좋다

오랜 세월에
두터워진 허물도

뜻하지 않은 이승에서의
밝은 인연으로

묵은 꺼풀들이
하나둘 벗겨지고 나면

본래의 맑은 모습을
되찾을 수 있다

자신의 어두운 그림자를
밝은 그림자로 바꿔줄 인연은

일생을 살면서 한 번쯤은
만날 수도 있으나

눈이 맑지 못하고
귀가 밝지 못하여

알아보지 못하는
안타까운 어리석음에

눈앞에 두고도
밝은 인연의 끈을 놓쳐

자신의 운명을
바꾸지 못하는 우를 범한다

세상의 모든 일들은

만족함을 알고 산다면
그 어떤 일들이 일어나겠는가

세상의 모든 일들은

스스로가 만족함을
모르는 데서 시작되느니

탓하지 마라

누구든
탓하지 마라

무엇이든
원망하지 마라

탓함에
질투가 끓으면

화근의
나무를 심게 되고

원망에
분노가 끓으면

재앙의
열매를 맺게 된다

5부 | 머물지 않는 마음

잔잔한 미소

경계마저
잃어버린 밭이라면

어떤 울타리와 담이
필요하겠는가

긍정과 부정이
놀러와

이 바람 저 바람 앞세워
채근한다 해도

잔잔한 미소만
지을 뿐

날뛰는 말에 먹이 주어
살찌우지 않는다네

철든 사람

철이 들어
몸과 마음이 익으면

자신을 드러내지 않고
늘 겸손히 행합니다

철든 사람의 말과 행동은
어느 곳에 떨어져도

조금도 어긋나거나
틀어지지 않습니다

철든 사람은
차별과 편견도 없습니다

한량없는 이해와 포용으로
만사에 오롯하여

그 무엇에도
탓함이 없는 까닭입니다

돌장승의 마음

푸른 앞산에
지그시 눈감고

세상을
바라보는

돌장승의 마음을
아시는가

눈이 오나 비가 오나
바람이 불어도

흔들림 없는
묵묵함은

하늘과 땅을
아랑곳하지 않는다네

움직이지 못하는
때 묻은 돌이라고

오가는 이
찢어진 눈과

얇은 입으로
흉보네만

돌장승이 되어 본 적
있으신가

세월 묻어나는
그 고고함을

어느 누가 알고
헤아릴 것인가

환상

많은 사람들은 미래라는
달콤한 환상에

세월을 저당 잡힌 채
살아갑니다

불확실한 미래가
이끄는 대로

늘 거친 숨을 몰아쉬며
정신없이 쫓아가다

뼈아픈 후회 속에
세상을 등지고 맙니다

달콤한 환상의 미래란
기약할 수 없는 짧은 봄볕에

투명하게 피어오르는
아지랑이와 같기 때문입니다

심등心燈

홀로 높게도 있는 자요
홀로 낮게도 있는 자며

편견도 없는 자요
차별도 없는 자며

기울지 않는 평등으로
세상의 등불이 되는 자다

행복한 삶

앉은 자리를
조금 내어주어도

먼지가 일어나지
않도록 하고

소유한 것을 마음그릇에
티가 앉지 않도록

거리낌 없이 나누며
함께 사는 것

이보다 더 아름답고
행복한 삶이 있을까

삶이 그늘지거든

내 삶이 그늘지거든
스스로 했던 말들을 살펴보고

내 삶이
어두워지거든

지금까지의
행동들을 돌아보라

삶이 그늘지고
어두워지는 것은

필경
하지 말았어야 할 말들과

해서는 안 될 부적절한
행동들이 있었기 때문이다

삶이 다하는
그날까지

끊임없이 해야 하는
말과 행동이

평생의 삶을 좌우한다는
사실을 깨닫는다면

그 삶은 그늘과 어둠에서
벗어날 수 있을 것이다

고향 가는 길

영혼들의 고향
늘 사무치도록 그리운 곳

그곳으로 돌아갈 길은
제대로 닦고 계시는가

봄이면 얼었던 땅 녹아들어
온갖 꽃들 피어나고

여름이면 녹음방초에
우짖는 새소리 아름다운 곳

가을이면 오곡백과 풍성한 그늘
귀뚜리 밤을 기다리고

겨울이면 서성이던 그림자들
온 곳으로 돌아가 한가함 벗을 삼네

내 그립던 고향으로
돌아가는 길

심술궂은 바람 춤추지 않게
등불 잘 챙겨 간다면

긴긴 여행에서 돌아와
억겁의 고단함을 잊으리오

여백

그리운 사람은 그리운 대로
여백을 남겨두고

미운 사람은 미운 대로
여백을 남겨두자

그래야 만나면
맑은 미소라도 전할 것 아닌가

여백이 없는 삶이란

늘 바늘 끝처럼 조급한 삶이요
이는 불처럼 성급한 삶이라서

넉넉함의 여유를
행여

꿈에라도 알아차리지
못할 것이며

여백이 있는 삶이란

늘 여유롭고
넉넉한 삶이라서

가고 옴에
막힘이 없으니

꿈인들 이 자유로움을
어찌 막으리오

늘 있는 일

힘들지 않은 날
돌아봐도 없는데

오늘이라고
다르지가 않네

늘 있는 이 아픔이야
별것도 아닌지라

새삼 아프다고
말하랴만

뼛속에 파고드는
시린 바람은

인정을
알지 못하니

나 홀로 삭힘에
웃을 뿐이네

알아차릴 수 있을까

삶
버릴 것을
버리지 못하니

늘
질곡한 길을
숨 가쁘게 간다

아
버리지 못하면
가쁜 숨을 앞세울 뿐인데

곧
앞세우기 전에
알아차릴 수 있을까

올가미

헛기침 소리에
정신을 빼앗겨

삶이
나아갈 길을 잃었다

정신을 차리고
제대로 들으면

한낱
덧없는 소리였건만

정신을 빼앗긴
흐트러진 마음이라

귀한 삶이
올가미에 걸려 있구나

매듭

갈등하는 삶은
무엇 때문일까요

혹시 스스로를 그 무엇으로
옭아매지는 않았나요

매여져 있다면
우선 그 매듭부터 푸십시오

단단히 매여진 그 조임을
느슨하게 만들어

쉬엄쉬엄 느긋하게
풀어 가십시오

서두르는 마음으로는
다시 매일 수가 있습니다

하지만
느긋한 마음에는

그 어느 것도
갈등을 일으키지 않아

매임이 없는 잔잔한 삶을
살게 하는 까닭입니다

이름 없는 넋

장담 못할 것이
속절없는 생사요

내일이란 것은
기약 없는 울타리인데

도깨비 같은 화려한 춤은
또 무엇인가

백 년 그늘도
어쩌지 못해

방황하는 짧디짧은
저 그림자를 바라보라

환하고 맑은 날은
삿된 일에 넋을 잃고

세월만 탐하더니
거친 바람 매서움에

살갖 아려 눈 떠보매
봄동산이 어드멘가

갈 곳 없고 설 곳 없는
정처 없는 저 그림자

안개 덮인 산과 들에
이름 없는 넋이로다

바로 잡으려

얻으려 하면
생각이 거칠어지고

구하려 하면
행동이 날뛰게 된다

거칠고
날뛰는 것을

바로
잡으려 한다면

모두 내려놓고
쉬면 그만이다

습관

복福과 화禍는
타고나는 것이다

좋은 일을 하는 것도
나쁜 일을 하는 것도

모두가
습관에서 비롯된다

이 질긴 습관을
현생에서 고치지 못한다면

결국 운명은 바뀌질 않고
굴레 속에서 살아갈 뿐이다

재앙을 몰고 오는

참으로 간사한 입
참으로 영악한 입

참으로 교만한 입
참으로 잔악한 입

참으로 교활한 입
참으로 응큼한 입

이런 입이 되지 않도록
돌아보고 돌아보라

인내를 벗하고
겸손을 등불삼아
한 생生을 살아가면

재앙을 몰고 오는
어리석은 입은 되지 않으리니

이런 사람이라면

나는
복福을 짓는 사람인가

나는
덕德을 쌓는 사람인가

내가
복福을 짓는 사람이라면

지어가는 삶이
궁핍하지는 않을 것이고

내가
덕德을 쌓는 사람이라면

지어가는 삶이
질곡하지는 않을 것이다

6부 | 바람이 되려 하지 말고 향기가 되라

습習

있다 없다를
옳다 그르다를

좋다 싫다를
밉다 곱다를

굳이
이름 지을 것도 없는데

스스로가
짓기도 지우기도 하며

온갖 번민 속에
살고 있습니다

본래 없는 것을
나누며 사는 습習에

너무도 익숙하게
길들여져 있을 뿐입니다

아시겠습니까?

벗어나지 마라

올곧음에서
벗어나지 마라

살다 보면
뜻하지 않은 일로

흔들리는 일이
다반사인데

마음의 올곧음마저
벗어난다면

삶은 어느 곳에서
한숨을 토하게 될지 모른다

인생보따리

인생보따리 풀어놓으니
온갖 것이 다 들었네

아직도 갈 길은 먼데
뭐가 그리도 많은 건지

가려내고 가려내도
뒤엉킨 것이 한 짐이라

이 무거운 짐 짊어지고
저 아득한 곳 이르려면

해가 져서도 다다르지 못해
어둠을 벗삼아야 할 텐데

용서가 어려울 때

남의 잘못을
용서하기가 어려울 때는

내 삶을 저 밑바닥에 두고
담담히 바라보십시오

세상 어느 것도
용서치 못할 일은 없겠으나

자존심이 스스로를
옹색하게 만드는 까닭입니다

다른 사람을 용서하는 일이
어렵게만 느껴진다면

저만치 물러서서
스스로를 바라보십시오

나 스스로를
맑은 빛에 비추어보면

보이지 않던 허물이
제 모습을 드러낼 것입니다

작고 낮아져라

작고 낮아져라
보이는 것이 정확해질 테니

작고 낮아져라
들리는 것이 뚜렷해질 테니

작고 낮아져라
말하는 것이 명확해질 테니

겸손을 잃은
삿된 몸집이 커져 버리면

앞뒤를 가리는
헛된 그림자만 짙어질 뿐이다

나라는 그림자

나라는 그림자가
팽배해지면

욕심이란 삿된 나무가
저절로 커져가고

나라는 그림자를
벗어버리면

나눔이란 참된 나무가
스스로 자라난다

속된 그늘

속된 그늘에서
살지 마라

속된 그늘에서
살다 보면

희망은
절망보다 작아지고

걱정은
태산보다 높아지니

이 자명自鳴한 일을
어찌 알지 못하고

한 번의 소중한 삶을
천 길 낭떠러지에 세워두는가

하루만이라도

오늘 하루는
나에게로 돌아가십시오

너무 오랫동안
나를 잊고 살았기에

방황하는 세월이
더 길었을 것입니다

오늘 하루만이라도
나를 찾아 보듬어준다면

더없이 편안한
값진 하루가 될 것입니다

있거들랑

하고픈 말 있거들랑
물가에 머무르고

듣고픈 말 있거들랑
바람결을 지켜라

물가에 머무르면
절로 맑아지니 좋고

바람결을 지키면
흔들림 없어 좋으리라

윤회

걸친 옷 찰나에 벗어
한 번 흩어지면

만겁萬劫에 회복하기
어려운 것인데

어찌 그리 세월을
헛되이 버리시는가?

영원함에 들지 못한
만행萬行은

어두운 수레의 그늘을
벗어나지 못해

돌아가는 바퀴처럼
억겁億劫이 어지러울 터인데

큰행(行)

인간이 행하는 것 중에
제일 큰 행은

마음을 한 곳에
고요히 머물게 하는 것이다

어쩌면..
이 큰 행은

아무나...
할 수 없는 일이기도 하나

누구나...
할 수 있는 일이기도 하다.

심등선원

속앓이

주저하지 마라
돌아보지 마라

스스로에게 있어
불필요하단 생각이 들면

망설이지 말고
과감히 내던져라

미련에 집착하고
아쉬움에 끄달리면

헤어날 수 없는
속앓이를 하는 탓에

화火의 기운만 키워
병을 만들 뿐이다

모진 삶

메마른 땅위에서
내 삶은 시작되었고

척박한 자갈밭에서
내 삶의 터전을 닦았으며

거친 가시밭길을 걸어
내 삶이 성장하였고

모진 비바람 속에서
내 삶은 영글었으며

차디찬 설한雪寒 속에서
내 삶은 꽃을 피웠네

모질고 모진 삶속에서
소박하게 피어난 이 꽃을

어느 누가
바라봐 주지 않는다고

힘없이 고개 떨구며
서운해 할까 보냐

양심 없는 삶

스스로의 삶이
틀어지고 꼬일 때에는

내 생각이 움직이는 것을
잔잔히 바라보십시오

마음을 따라
생각이 살아간다고 하나

꼭 그렇지만은 않은 것이
우리네 삶인 까닭입니다

진정한 내 마음은
아무런 미동이 없는데

그릇된 습기로 형성된
어리석은 내가

삿된 생각을 데리고 다니며
일을 저지르는 까닭에

내 마음이라 스스로
착각하게 되는 것입니다

그것은 또 하나의 습이 만든
그림자인 탓에

얕게는 철이 없는 것이며
깊게는 양심이 없는 까닭입니다

이런 연유로 한 번뿐인 내 삶이
틀어지고 꼬이는 것입니다

내려놓으면 편안합니다

내려놓으면 편안합니다
마음이 편안하기를 바란다면

이것저것 분별하는 마음을
내려놓으십시오

가리면 가릴수록
나갈 길은 좁아지고

찰나에 무게감만 늘어
감당하기 힘들어집니다

그 힘든 것 또한
나눔에서 비롯되는 것이니

있는 그대로를 보되
중심만 잃지 마십시오

잃지 않은 중심은
텅 빈 공간이 되어

산란했던 마음은
지극히 편안해질 것입니다

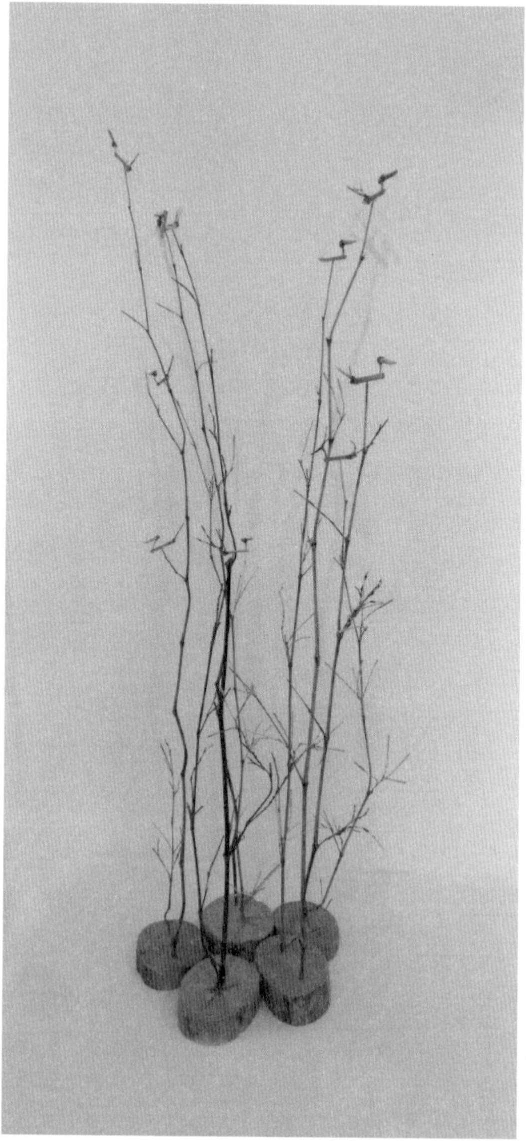

순간의 삶

순간순간
기억하고

순간순간
잊어라

꽃의 향기와
열매의 달콤함에 젖으면

모든 것을 다
잃게 된다

근원적인 뿌리

혹여
마음 저편에

시기와 질투라는 꽃을
키우시지는 않는지요

이 꽃은 물과 거름을
주지 않아도

날카로운 가시로
잘 자라나

곧잘 나와 남을
다치게 합니다

이 꽃의 가시를 없애려면
어떻게 해야 할까요

욕심이라는
근원적인 뿌리를

송두리째
뽑아내면 됩니다

허나 이 뿌리는
워낙 깊은 까닭에

끝없는 다스림과 길들임으로
뿌리째 뽑아야만

시기와 질투라는
어둠의 가시는

그 생명력을
잃게 될 것입니다

바람이 되려 하지 말고 향기가 되라

누가 너보고 향기가 되라 했지
바람이 되라 했느냐?

향기는 자신을 숨기는
일이 없는데
너는 자신을 숨기는
바람이 되었구나

이제는 그 무엇으로
또다시 숨김을 기르려고 하느냐?

숨기는 것에 길들여지면
향기로 돌아오긴 몹시도 어려운데

눈 멀고
귀까지 먼 까닭에

돌아오는 길은 까마득해
보이질 않고
소리마저 아득해
들리질 않으니

행여 이곳과 저곳을
기웃대는

떠돌이 넋이라 된다면
그때는 어찌할 테냐

이젠 바람이 되려 하지 말고
맑은 향기가 되라

바람의 끝은 무시로
칼날로 변하기가 쉽고
그윽한 향기는 맑음으로
영원할지니

내 안에 있음이다

밖에서는 찾지도
안주하여 머물지도 말라

세상사 모두가
내 안에 있음이니

찾고 머무는 것은
영원할 것처럼 보여도

때가 도래하면
찰나지간에 사라질 것이라

궁구窮究하는 자세가
밖으로만 향한다면

제아무리 호시절이라도
자유로움은 얻지 못하리라

비로진경

비로자나불 권청

비로자나불께 귀의합니다
비로자나불께 귀의합니다
비로자나불께 참된 마음으로 귀의합니다

비로자나불의 눈이 되어 세상을 맑게 보겠습니다
비로자나불의 귀가 되어 모든 소리를 맑게 듣겠습니다
비로자나불의 입이 되어 향기롭게 말하겠습니다
비로자나불의 몸이 되어 바르게 행하겠습니다
황아소므로 황아소므로 황아소므로

비로자나불 소경

아훠아리 수리소루 자훠마히
스오스노 이소히루 마소마로

마소이스 하수히로 하수소므
피오스소 무히소휘 사우스오

하오스수 오사소히 하마누라
오스오히 누오스휘 오스마하

황아소므로 황아소므로 황아소므로

비로자나불 중경

하스므후리 수므수리히 마라오스미
어루히노사 소루스미루 카사히라하
가히허르소 루르누미히 휘기흐르므

나스루히라 시므소르미 루히가라오
휘마기사히 스오라후스 하루소마호
노히사하루 모수르사히 스루사히라

가후시라소 루소휘가호 아므스로후
오수기사히 마히소가루 치므시므라
므허소루스 히라사누오 츠히사미후

황아소므르 황아소므로 황아소므르

비로자나불 대경

휘스스로마 스오루히모 어하로오미
스오스르히 아소후르어 우히스로오
스루오미어 사휘오츠휘 노소무카드
어소아루히 자후스미로 시후히니소
아후마므수 키미스시우 즈히리오스

기히로시스 므히스므르 어우휘소니
호소츠미오 거소히므모 소모지위오
츠오히리스 히마기르휘 므르스위르
마히거스모 소므치니히 우므즈모스
루오쯔거히 아모소기니 마히오스오

즈르스오미 크히리위스 어히스므드
디쓰오히루 이나소시후 리히오츠르
므히오스모 도히위라모 기오스히모
츠오미수라 거르히즈소 히키스즈라
르히므오스 오루츠마히 모히스오카

황아소므로 황아소므르 황아소므르

심등선원

영혼의 울림
심등

지은이 / 무　형
발행인 / 김영란
발행처 / **한누리미디어**
디자인 / 지선숙

08303, 서울시 구로구 구로중앙로18길 40, 2층(구로동)
전화 / (02)379-4514, 379-4519
Fax / (02)379-4516
E-mail/hannury2003@hanmail.net

신고번호 / 제 25100-2016-000025호
신고연월일 / 2016. 4. 11
등록일 / 1993. 11. 4

초판발행일 / 2017년 6월 20일

값 12,000원

ISBN 978-89-7969-745-2 03810